NADINE BRUN-COSME
OLIVIER TALLEC

grand loup
&
petit loup

Pour Théo et Simon,
nos petits loups.
N. B.–C.

Pour Lena.
O. T.

Père Castor ◼ Flammarion

© Flammarion, 2005
Éditions Flammarion – 87, quai Panhard-et-Levassor – 75647 Paris Cedex 13
www.editions.flammarion.com
Dépôt légal : octobre 2005 – ISBN : 978-2-0816-2674-4 – N° L.01EJDNFP2674.C008
Imprimé en Chine par South China Printing – 03/2011
Loi n°49-956 du 16 juillet 1949 sur les publications destinées à la jeunesse

Depuis toujours, Grand Loup vivait là,
seul sous son arbre, en haut de la colline.

Puis un jour, vint Petit Loup.
Il arriva de loin.
De si loin que Grand Loup ne vit d'abord qu'un point.

Petit Loup approchait.
Grand Loup eut peur soudain qu'il soit plus grand que lui.

Petit Loup commença à gravir la colline,
et Grand Loup vit qu'il était petit.
Ça le rassura.

Il le laissa grimper jusqu'à son arbre.

Petit Loup resta toute la journée sous le grand arbre de la colline.

Maintenant, sous l'arbre, ils étaient deux :
Grand Loup et Petit Loup.
Ils ne se parlaient pas.
Ils se regardaient un peu du coin de l'œil,
comme ça, sans méchanceté.

Vint la nuit.
Petit Loup restait là.
Grand Loup trouva que, quand même, il exagérait bien un peu.

Quand Grand Loup se coucha, Petit Loup se coucha aussi.
Alors Grand Loup vit que Petit Loup tremblait un peu du bout du nez,
et il tira vers Petit Loup un petit bout de son drap de feuilles.
« C'est bien assez, pensa-t-il, pour un si petit loup. »

Le matin, Petit Loup était encore là.

Comme chaque matin,
Grand Loup grimpa aux branches pour faire ses exercices.
Petit Loup grimpa aussi.

Grand Loup le regardait.

Il eut peur soudain que Petit Loup grimpe mieux que lui.

Mais Petit Loup dut s'y prendre à deux fois.

La première fois, il tomba sur les fesses.

Il cria :

– Ouille !

Puis il recommença.

« Il est courageux ce petit loup », pensa alors Grand Loup.

Et il le laissa grimper aussi haut que lui et faire des exercices.

Avant de redescendre, Grand Loup cueillit des fruits pour déjeuner.
Il en prit un peu plus que les autres jours.
Puis il prépara son repas.
Petit Loup descendit derrière lui.
Il n'avait rien cueilli.

Grand Loup mangea.
Il poussa une assiette avec quelques fruits vers Petit Loup,
et Petit Loup mangea.

Après manger, Grand Loup s'en alla faire sa promenade.
Il descendit la colline, puis il se retourna.
Petit Loup était resté sous l'arbre.
Grand Loup sourit : Petit Loup était vraiment petit.

Il traversa le grand champ de blé en bas de la colline, puis il se retourna.
Petit Loup était toujours sous l'arbre.
Grand Loup sourit : Petit Loup était encore plus petit.

Il atteignit l'orée du bois et, une dernière fois, il se retourna.
Petit Loup était toujours sous l'arbre, et il était si petit à présent
qu'il fallait vraiment être un grand loup pour savoir
qu'il était là, ce tout petit loup.
Une dernière fois, Grand Loup sourit,
puis il entra dans le bois pour continuer sa promenade.

Le soir, quand Grand Loup sortit du bois,
sous l'arbre il ne vit rien.
« Bien sûr, je suis trop loin », se dit-il.
Il sourit.

Il atteignit le bas de la colline après avoir traversé tout le grand champ de blé,
et sous l'arbre il ne voyait toujours rien.
« C'est bizarre, se dit-il. Le petit loup n'était quand même pas si petit. »

Pour la première fois, il se sentit inquiet.
Il remonta la colline bien plus vite que les autres soirs.

Sous l'arbre, il n'y avait personne.
Ni grand, ni petit.
C'était comme avant.
Sauf qu'à présent, Grand Loup était triste.

Pour la première fois, ce soir-là,
Grand Loup ne mangea pas.
Pour la première fois, cette nuit-là,
Grand Loup ne dormit pas.
Il attendait.

Pour la première fois, il se disait
qu'un petit, même tout petit,
ça prenait de la place dans le cœur.
Beaucoup, beaucoup de place.

Le matin, comme chaque matin, Grand Loup grimpa sur l'arbre.
Mais pour la première fois, il ne fit pas ses exercices.
Il regardait au loin.

Grand Loup regarda longtemps.
Au loin il n'y avait toujours rien.
Il se dit qu'il était capable d'attendre encore plus longtemps,
plus longtemps qu'il n'aurait jamais cru.

Puis, à force d'attendre, il se mit à penser à de drôles de choses.

Il se dit que si le petit loup revenait,

promis, il lui laisserait un bout de drap de feuilles un peu plus grand,

et même, beaucoup plus grand.

Et une assiette plus pleine.

Et même que, peut-être, il le laisserait monter plus haut que lui,

et faire tous ses exercices, même ceux qu'il était le seul à connaître.

Il se dit tout cela, et bien d'autres choses encore. Et il continua à attendre.

Et puis, là-bas, il y eut un petit point,
mais un point si petit qu'il fallait être lui, Grand Loup,
et avoir attendu autant, pour penser que, là-bas,
quelque chose approchait.
Son cœur battait de joie.
C'était la première fois.

Là-bas, le petit point grandissait.
« Pourvu que ce soit lui, ce petit », se disait Grand Loup.
Et aussi :
« Même s'il est bien plus grand que moi, tant pis. »

Il n'était pas plus grand.
Il était toujours aussi petit.
C'était bien le petit.

Petit Loup gravit la colline, puis il s'assit sous l'arbre.
– Où étais-tu ? dit Grand Loup.
– Là-bas, dit Petit Loup sans rien montrer.
– Sans toi, dit Grand Loup d'une très petite voix, je m'ennuie.

Alors Petit Loup s'approcha de Grand Loup.
Il dit :
– Moi aussi, je m'ennuie.

Et il posa sa tête doucement
sur l'épaule de Grand Loup.
Grand Loup se sentit bien.
Toujours, à présent, il y aurait le petit.